Coordinador de la colección: Daniel Goldin
Diseño: Arroyo + Cerda
Dirección artística: Rebeca Cerda
Diseño de portada: Joaquín Sierra

A la orilla del viento...

Primera edición en italiano: 1989
Primera edición en español: 1992
Segunda edición: 1995
   Primera reimpresión: 1999

EL PLANETA

Título original:
Il pianeta dei topigli

© 1989, Arnoldo Mondadori Editore, Verona, Italia
ISBN 88-04-32260-8

D.R. © 1992, FONDO DE CULTURA ECONÓMICA, S.A. DE C.V.
D.R. © 1995, FONDO DE CULTURA ECONÓMICA
Av. Picacho Ajusco 227; México, 14200, D.F.

ISBN 968-16-4869-2 (segunda edición)
ISBN 968-16-3749-6 (primera edición)

Impreso en México

Renata Schiavo Campo

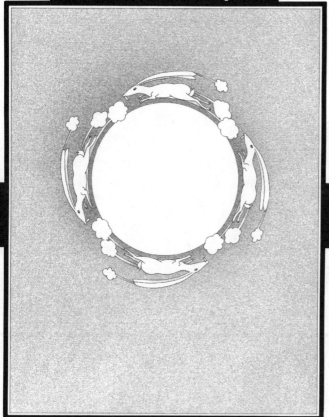

Ratonejos

ilustraciones de
Vicent Marco

traducción de
Fabio Morábito

FONDO DE CULTURA ECONÓMICA
MÉXICO

El planeta Chqu

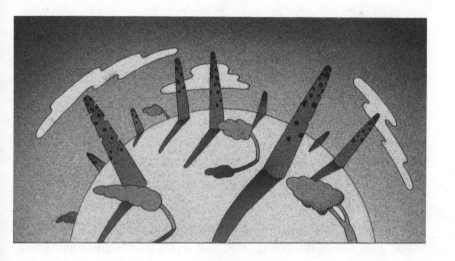

❖ La historia de los ratonejos empezó cuando el señor qu'JK y su esposa i-Ti compraron, por estar en rebaja, un pequeño planeta que se llamaba Chqu, con la intención de cultivar en él pelotitas de crramps.

Tal vez hubiera sido mejor que vieran el planeta antes de comprarlo, pero ya se sabe cómo ocurren las cosas en estos casos: tenían poco dinero, la compra no parecía mala y no querían desaprovecharla; únicamente se aseguraron de que encontrarían en el nuevo planeta las cosas esenciales como agua, luz, servicio de correo, etcétera. Luego la señora i-Ti preguntó si había animales.

—No —contestó el vendedor—, ni el más insignificante gusano.

Ahora bien, qu'JK e i-Ti hubieran querido tener algún animalejo a la vista. Les hubiera agradado, en ese mundo tan lejano, oír de vez en cuando un estrujamiento en la hierba, un estridor de pájaro. Así que, después de firmar el contrato, fueron a la agencia de la Sociedad para la Construcción y el Comercio de Animales para encargar dos especies.

No sabían qué escoger, pero tenían alguna idea y después de ver las fotos de los llangur, de los gollop, de los whao y de los otros animales llenos de dientes y de cuernos que estaban de moda en la galaxia, dijeron amablemente al empleado que deseaban algo distinto: querían dos animalitos graciosos, tranquilos, que no echaran a perder la cosecha y no royeran los muebles de la casa. Escribieron en un módulo su nueva dirección, metieron cinco robots en la astronave, varios costales de crramps para la siembra, víveres y provisiones de todo tipo y partieron.

El planeta Chqu no era como se lo habían imaginado. Nada de setos floridos, cascaditas y cosas así; había en cambio varios desiertos y una gran cantidad de rocas agujeradas, altas como rascacielos, que producían unas sombras larguísimas por todas partes. Por si fuera poco, la instalación meteorológica estaba averiada.

Lluvia y sol no estaban mal, alternaban con cierta regularidad, pero el bloque ventilación no funcionaba. Tal vez estaba viejo, con las válvulas descompuestas o algo por el estilo: la cosa es que cada veinte minutos se alzaba un viento impetuoso que no seguía ninguna dirección concreta y que de repente se calmaba. Era forzoso agarrarse de algo firme para no ser llevados por la corriente y, después, quitarse de encima las hojitas, las pajitas, los granitos de arena y todo lo que el viento hubiera levantado.

Pero esto no era nada: el verdadero problema es que no se podían sembrar las pelotitas de crramps. Dichas pelotitas no se enterraban sino que se depositaban sobre el suelo hasta que, pasado medio día, echaban raíces. Ahora bien, las semillitas, ligeras como plumas, eran levantadas por el viento y de nada servía colocarles encima una telita delgada para sujetarlas a la tierra, pues el viento se llevaba también la tela.

Por este motivo, mientras i-Ti vigilaba a los robots que construían la casa, los almacenes y el laboratorio, su esposo daba vuelta por el planeta preguntándose qué otra cosa se podría cultivar.

Estaba tan preocupado que su cara, normalmente celeste, se había vuelto azul y los cachetes le caían hasta el pecho; caminaba con pasitos minúsculos, proporcionados a su baja estatura y, tal como era su costumbre cuando hallábase agitado, antes de pisar el suelo impulsaba hacia adelante la pierna, indiferentemente la derecha o la izquierda. Y fue así como dio una patada a un montón de hojas y se paró asombrado al ver media docena de pasteles que parecían haber sido depositados sobre la hierba. Eran pasteles bellísimos, de un delicado color verde y maravillosamente decorados. ¿Qué diablos hacían ahí?, se preguntó qu'JK.

La primera explicación que le vino a la cabeza fue que algún robot con los circuitos descompuestos se entretenía ocultando los dulces en lugar de servirlos a la hora de la comida; sin embargo, después se dio cuenta de que eran frutos, con un pedúnculo que se alargaba por el suelo y cubiertos por hojas que evidentemente los protegían del viento.

qu'JK nunca había oído hablar de frutos que se parecieran a pasteles. Por pura curiosidad probó un pedacito. Realmente no estaba nada mal.

Lástima que al final tenía un sabor un poco ácido, como de crema pasada. Pero esto no era un problema para qu'JK, que conocía bien su trabajo de agricultor. Seguramente, con algo de paciencia, podría obtener pasteles maravillosos, y mientras empezaba a hacer injertos y trasplantes, decidió llamarlos grniz, una palabra que en su idioma significaba: "Mi vida, ¿quieres un poco más?" ❖

Llegan los ratonejos

❖ Entre tanto, à la sede central de la Sociedad para la Construcción y el Comercio de Animales había llegado la orden de enviar dos animalitos de buen carácter al planeta Chqu, y dado que el Jefe Constructor había partido para una compostura en un rincón periférico de alguna galaxia, el encargo pasó a manos del Ayudante Apollinax, Aprendiz en la Sección Experimental Pequeños Mamíferos.

No era un encargo de mucha importancia, pero el joven Apollinax se entregó a la tarea con entusiasmo: hojeó los cuadernos de apuntes de su patrón, examinó los modelos, modificó ligeramente los proyectos y por fin hizo saber al señor qu'JK y a la señora i-Ti que, a su juicio, una pareja de gatos y una de ratonejos hubiera sido lo más indicado. Y les envió, para más detalles, una foto de los animales.

A juzgar por las fotos tridimensionales, los gatos, depredadores, eran graciosísimos, pero los ratonejos eran verdaderamente encantadores.

La ficha técnica explicaba que eran más pequeños que un ratoncito, con orejas larguísimas de conejo, el pelo azul con puntitos rosados y un copete en lugar de la cola; y dado que la ficha prometía que

> **tan sólo comerán hierbas silvestres,**
> **no arruinarán los muebles,**
> **tendrán un carácter apacible y cariñoso.**

qu'JK y su esposa quedaron entusiasmados. Ordenaron de inmediato una pareja de ratonejos, pero le pidieron al Ayudante Apollinax que esperara unos meses antes de enviar los gatos, el tiempo necesario para que los pequeños herbívoros se ambientaran y tuvieran críos.

Lo primero que dijeron los ratonejos mientras saboreaban los diferentes tipos de hierba del planeta, fue:

—Parece realmente un lugarcito agradable.

Y lo segundo:

—Tal vez con demasiado viento.

Después de lo cual no hicieron otra cosa que repetir "viento" y "ventoso" un sinnúmero de veces y con tonos distintos, ya que el viento los levantaba del suelo, los arrastraba a gran velocidad como barcos de vela por el mar y los dejaba caer nuevamente, ligeramente abollados.

Al final del día los ratonejos se sentían entumidos y un poco desalentados.

—Debe ser por culpa de las orejas —dijo la ratoneja con un suspiro—. ¡Cómo quisiera que no fueran tan largas!

—Tal vez podamos remediar eso —suspiró su marido después de haber meditado largamente.

Lo intentaron: doblarlas hacia adelante no era difícil, porque afortunadamente las orejas eran muy flexibles, pero les cubrían los ojos y ya no veían nada.

En cuanto a doblarlas hacia atrás, al comienzo parecía imposible, pero después de varios intentos los ratonejos se convencieron de que era sólo una cuestión de método: primero había que desplegar completamente las orejas para que no se enroscaran, luego mover las mejillas y la frente, juntas o por separado, según el caso.

Protegidos por su hermosa casita subterránea, los ratonejos empezaron un duro entrenamiento y sólo después de varias semanas de ardua gimnasia se dieron por satisfechos. Ahora sabían quedarse anclados en el suelo o dejarse transportar por el viento para dar una vuelta, frenando o virando en el momento oportuno.

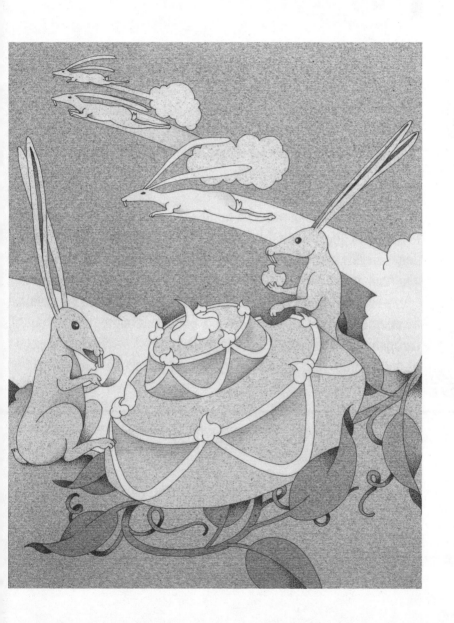

Mientras tanto habían procreado a varios ratonejitos y habían descubierto que los frutos de grniz eran mucho más sabrosos que las herbazas de costumbre. Pero no todos: los que brotaban desordenadamente aquí y allá en el planeta tenían un sabor ácido que no era nada agradable, mientras que los que crecían alineados en cierta porción del campo eran sabrosísimos; y por añadidura podían pasar de una planta a otra sin necesidad de buscarlas.

De este modo la pequeña familia era muy feliz. O mejor dicho, lo fue hasta que, no se sabe cómo, corrió el rumor de que estaban por llegar ciertos animales, llamados gatos, que se dedicarían de la noche a la mañana a agarrar ratonejos.

—¿Pero por qué tendrían que hacer algo así? —se preguntaban asombrados los ratonejos; y al no poder encontrar una respuesta razonable a esta pregunta, se consolaron diciendo—: En todo caso, no es nada seguro que lo logren, hay que ver primero si saben volar. ❖

Gatos y ratonejos

❖ Los GATOS no sabían volar, pero argumentaban que no era necesario y así fueron a caza de ratonejos desde temprano en la mañana; vieron a un grupito que pataleaba en la hierba y se dijeron: "Ojalá sean rápidos, si no nos vamos a aburrir." De pronto, mientras estaban pegados al suelo para resistir una furibunda ráfaga de viento, oyeron un *svisccccc* prolongado y vieron cruzar el aire, a tres metros de sus cabezas, a unos treinta ratonejos con unas orejas larguísimas.

Cuando se recobraron de la sorpresa, los ratonejos habían desaparecido en el horizonte.

Ahora bien, eran gatos que conocían su oficio y se sentían capaces de agarrar ratones que tuvieran cualquier tipo de orejas, ¿pero qué hacer con unos que en lugar de ir a esconderse en algún agujerito, se echaban a volar?

No quedaba más que atraparlos en el momento en que aterrizaran; pero parecía que el viento lo hacía adrede: cada vez que los cazadores avistaban a sus presas, se levantaba una gran polvareda, los gatos quedaban medio asfixiados y los ratonejos desaparecían quién sabe dónde.

Entonces los gatos se dijeron que si los procedimientos acostumbrados no servían, tendrían que recurrir a algo diferente; por ejemplo colocarse en la posición adecuada para que el viento los impulsara hacia arriba, o adivinar en qué lugar aterrizarían los ratonejos, para esperarlos escondidos, o tratar de atraerlos en una emboscada; pero por más trucos que lucubraran, ninguno los satisfacía.

Al final del día, cansados y hambrientos, se refugiaron en la cocina de la señora i-Ti, con el firme propósito de retomar la caza al otro día y en los días siguientes.

Las cosas marcharon de esta manera durante un mes, pero qu'JK y su esposa no se percataron de nada: estaban muy ocupados en envolver y enviar ejemplares de grniz a las pastelerías más importantes de la galaxia.

Una mañana salieron de casa para ir a recoger unos pasteles.

Estaban de excelente humor, el sol brillaba, el viento acababa de calmarse y en la huerta las hojas todavía se movían. Pero no todas juntas, sino en pequeños grupos, aquí y allá, como sí...

—Como si alguien caminara por abajo de ellas —observó i-Ti.

—¿Qué quieres decir? —balbuceó qu'JK—. ¿Alguien... quién?

Se agacharon para ver, hurgaron entre el follaje y descubrieron una gran cantidad de pequeños y deliciosos ratonejos, que comían ávidamente los frutos de grniz. Les entró la desesperación. Se volvieron de un hermoso color morado, se jalaron la nariz, torciéndosela hacia ambos lados, y levantaron las piernas medio metro, primero una y luego otra, porque en su país era lo que se acostumbraba. Por fin, cuando se cansaron de esa gimnasia, decidieron que era inútil enojarse tanto. Lo mejor era preguntar a los robots, a ver si ellos sabían algo. Iban para arriba y para abajo de día y de noche, observándolo y registrándolo todo, así que seguramente sabrían si era una costumbre de los ratonejos comer los grniz.

—Sí, señores —confirmó el robot-mesero—. Lo hacen a menudo, les gustan mucho.

—¿Pero por qué hay tantos? —preguntó i-Ti—. ¿Los gatos no los agarran?

—No pueden, señora. No saben volar.

—¿Entonces qué comen los gatos?

—Bisteces, señora. Los agarran de la cocina —informó el robot, y sus palabras volvieron a hundir en la desesperación a qu'JK y a i-Ti. Los dos ya se veían arruinados: la cosecha echada a perder, el refrigerador vacío. Pensaron que tendrían que revender su planeta a un precio bajísimo. Decidieron comunicarse urgentemente con el Aprendiz Apollinax, responsable de aquel desastre.

Apollinax escuchó pacientemente las quejas de sus clientes, luego dijo con voz suave que no se angustiaran.

—Los ratonejos son una especie novísima —explicó—, no han sido todavía probados a fondo. Es natural que al principio existan dificultades. Nada grave, ya lo arreglaremos. Para empezar, protejan la cosecha con fosos y alambrados; yo preparo las maletas y en un par de días estaré ahí para solucionar las cosas.

Al final de la conversación, qu'JK e i-Ti parecían más tranquilos. Dieron las órdenes necesarias y sólo después de ver la huerta rodeada por redes de alambre y anchos fosos, vigilada de cerca por los robots, se concedieron un merecido descanso.

A la mañana siguiente los ratonejos se dirigieron a la huerta para desayunar y la encontraron cercada.

El alambrado impedía pasar, había amplios canales alrededor y, como si fuera poco, los robots caminaban para arriba y para abajo y no dejaban entrar a nadie.

Los ratonejos quedaron perplejos.

Se juntaron en pequeños grupos y empezaron a parlotear, preguntándose:

—Si no quieren que los comamos, ¿por qué ponen estos frutos uno cerca del otro?

—Y luego los rodean de agua. ¿No saben que es peligroso?

—¿Qué tal si un ratonejo llega a caerse y se muere ahogado?

—¡Al menos podrían avisar!

Estaban pues bastante indignados y cada quien opinaba sobre el asunto.

Había sin embargo un ratonejo que no se comportaba como los demás: se quedaba apartado y, en lugar de quejarse, PENSABA. Era un ratonejo con gran cerebro, alguien que de haber frecuentado la escuela adecuada se habría convertido cuando menos en un general: lo llamaremos Napoleón.

Napoleón, pues, caminaba a una cierta distancia del recinto de alambre, bien escondido en la hierba, meditando sobre la manera de colarse en la huerta; y puesto que por añadidura sabía contar, de pronto se dijo que los hombres eran tontos: habían cerrado el huerto por cinco lados y dejado libre el sexto, olvidando que los ratonejos estaban acostumbrados a escarbar.

Así, si escarbaran una galería profunda, primero de bajada, luego de subida —para poder pasar por abajo de los canales— desembocarían justo en medio de las plantas de grniz.

Naturalmente había que partir desde muy lejos, para que si alguien notaba los montoncitos de arena, no sospechara nada.

Le quedaba sólo una duda: ¿conseguiría no equivocarse de camino trabajando en la oscuridad, abajo de la tierra? Para poner a prueba su sentido de la orientación decidió caminar con los ojos cerrados hasta un árbol. Después de cerrarlos, dio varias vueltas sobre sí mismo y empezó a avanzar: se detuvo después de unos mil pasos, a escasos centímetros del árbol en cuestión.

De esta manera los ratonejos empezaron a escarbar su túnel y estaban ya adelantados cuando llegó un pequeño cohete: bajó de él el Aprendiz Apollinax, alto, flaco, con la barba color verde y una sonrisa radiante. Se trataba de su primer encargo relevante y estaba seguro de que lograría arreglar las cosas en un abrir y cerrar de ojos. ❖

El aprendiz Apollinax

❖ APOLLINAX no perdió tiempo. Recién desembarcado, pidió a sus anfitriones que lo acompañaran a visitar el planeta y éstos, naturalmente, accedieron.

Fue un paseo algo incómodo para qu'JK y señora. Pequeños y redondos como eran, les costaba trabajo mantener el paso de las larguísimas piernas de Apollinax; cuando por fin lograban alcanzarlo, el Aprendiz se volteaba de golpe, preguntaba algo agitando los brazos como palas de molino y ellos tenían que echarse para atrás.

Apollinax midió con instrumentos especiales la velocidad del viento, su dirección, el intervalo entre una ráfaga y otra y al final afirmó que lo mejor de todo era modificar el ambiente.

—¿Qué quiere decir? —preguntó alarmado qu'JK: tenía miedo de que el Aprendiz les echara a perder el planeta.

—Bueno —contestó Apollinax—, se podría reparar el mecanismo de ventilación. Si no hay viento, los ratonejos no vuelan, los gatos los agarran y el problema se acabó.

—Esto se puede hacer —dijo qu'JK con cierto alivio—. Pero no ahora. Antes tenemos que vender unos treinta mil frutos. Para ir más rápido podríamos cultivar la mitad del planeta, ¿pero qué hacer con los ratonejos que se cuelan por todos lados? Sólo tenemos a cinco robots para vigilar las huertas.

—Entiendo —dijo Apollinax—. Entonces hay otra posibilidad: yo hablo con los ratonejos, los convenzo de que dejen en paz vuestros pasteles y les prometo a cambio otros alimentos igual de sabrosos.

Los dos se miraron asombrados. Nunca habrían imaginado que se pudiera charlar con los ratonejos y quedaron encantados al ver que Apollinax se ponía a tocar una especie de marcha con unos instrumentos que parecían flautas.

—Son señales de llamado —explicó Apollinax después de soplar un rato—. No tuve tiempo de construir uno específicamente para ratonejos, pero dado que son animales emparentados con ratones y conejos, comprenderán perfectamente el lenguaje de sus primos.

Y se puso a transmitir dos mensajes diferentes. El primero decía:
"Vengan, vengan, tengo un costal lleno de trigo."
Y el segundo:
"Vengan a comer una sabrosa zanahoria."
Los ratonejos, ocupados en excavar el túnel, oyeron un sonido que los invitaba a comer algo.

—¿Pero comer qué? —se preguntaban desconcertados.

—No se entiende bien. No es nuestra lengua, debe ser algún dialecto. ¿Qué querrán decir "trigo" y "zanahoria"?

—Tal vez quieren decir "abrigo" y "argolla".

—¿Y por qué deberían darnos un abrigo y una argolla?

—¿Para qué los queremos?

—Bueno, tal vez oímos mal y es "brigo" y "sacaloria"…

—O a lo mejor "terico" y "marapolla".

—"Perito" y "cachapora".

—¡Basta! —exclamó Napoleón—. Todas estas palabras no significan nada. Es claro que nos ofrecen algo de comer. ¿Y si es una trampa para capturarnos? Después de todo a nosotros nos gustan los frutos de grniz y si escarbamos un poco más llegaremos justo abajo de la huerta.

—Es verdad —dijeron los demás—. Hay que seguir escarbando.

Durante horas y horas Apollinax tocó sus flautas prometiendo manteca, ensalada, huevos de coltyx, galletas, goheeen dulces y otras delicias culinarias; pero dado que los ratonejos sólo conocían la hierba del campo y sus queridísimos pasteles de grniz, no contestaron a sus llamados.

—La tercera solución —dijo finalmente Apollinax—, es ésta: se junta a los ratonejos, se les acortan sus orejas y así no pueden volar.

—¡Qué lástima! —suspiró i-Ti.

—¿Y cómo vamos a juntar a los ratonejos? —preguntó su esposo.

Discutieron un buen rato. Había varias maneras, pero ninguna era segura.

Por ejemplo: se podían colocar grandes redes para atraparlos, ¿pero dónde?, ¿y qué tan altas?

O llenar de humo las guaridas de los ratonejos para obligarlos a salir y entonces agarrarlos, pero estaba el riesgo de que el humo los asfixiara, y Apollinax, como constructor de los ratonejos, no podía admitirlo.

Pensaron entonces que se podrían ocultar pequeñas trampas a lo largo del huerto de grniz.

Parecía una buena idea, pero no sabían cómo se construían las trampas; i-Ti recordaba vagamente que en una lejana época, en algún lugar, se escarbaban grandes fosos recubiertos de ramas para atrapar a los whao y a los grith, ¿pero servirían para animalitos que pesaban dos gramos?

Si en los alrededores hubiera habido algún ser primitivo, de esos acostumbrados a perseguir a las fieras en los bosques, hubiera sido la solución a su problema, pero ahí no existían, y ni siquiera los robots de los seres civilizados sabían cómo se hacía una trampa.

La discusión parecía haber llegado a un punto muerto cuando Apollinax, con los ojos brillantes por la excitación, hizo su última, sorprendente propuesta: había que olvidar a los ratonejos y en cambio modificar a los gatos.

—Es perfectamente posible —continuó, mientras marido y mujer lo miraban asombrados—, sólo hay que pedir a la compañía el material necesario.

—¿Modificarlos de qué manera? —preguntó i-Ti con cara alucinada.

—Es muy simple —dijo Apollinax con el aire de un prestidigitador que saca un conejo de un sombrero. Y explicó a los maravillados y luego cada vez más admirados qu'JK e i-Ti que la cosa era muy simple: había que nivelar presas y cazadores, alargando las orejas de los gatos para que también pudieran volar.

Esa noche, la pareja qu'JK-i-Ti y Apollinax se hicieron grandes amigos. Se hablaban de tú, tomaban vino y en un momento de especial entusiasmo qu'JK ordenó a los robots que se pusieran a completa disposición del Aprendiz: tenían que servirlo en lo que se le ofreciera y acatar todas sus órdenes.

La sociedad para la Construcción y el Comercio de Animales envió inmediatamente una pequeña astronave de carga que contenía un Duplicador Modificable y una carta de acompañamiento.

El duplicador era una máquina metálica de color oscuro, parecida a una gran caja toda llena de agujeros, que podía reproducir animales de tamaño reducido: se introducían dos gatos y en unos cuantos minutos los dos gatos eran cuatro, con alguna modificación, si se quería: por ejemplo el pelo de otro color, la cola más larga o la nariz en forma de melón. La carta de acompañamiento decía más o menos lo siguiente:

1) Apollinax tendrá que usar el duplicador con cautela y sólo en caso de absoluta necesidad;

2) los animales que se fueran a construir tendrán que venir absolutamente en pareja, un macho y una hembra;

3) si por alguna razón no funcionaban, no se podrán introducir nuevamente en la máquina para que regresaran a su forma original: habrá que cuidarlos y entregarlos a un experto de la Compañía. Por supuesto estaba prohibido enviarlos como un paquete postal cualquiera; primero había que hibernarlos (que significa más o menos congelarlos) con unos aparatos especiales; o confiarlos a una persona experta para que cuidara amorosamente de ellos durante el viaje.

—Las advertencias de siempre —murmuró Apollinax después de echar una ojeada a la carta. Dejó la hoja sobre la mesa y se dirigió a sus amigos qu'JK e i-Ti para explicarles el funcionamiento de la máquina.

—Es muy fácil —dijo—. Se agarran los gatos y se meten en esos agujeros. Se introduce en la ranura la ficha con las nuevas características: orejas muy anchas y largas, que pueden extenderse al máximo para que el viento tenga una amplia y hermosa superficie de la que agarrarse; y se presiona el botón.

Ejecutó esas simples operaciones y la máquina se puso en movimiento. Zumbó dulcemente durante unos diez minutos y por fin salieron de los agujeros indicados dos animales idénticos a los gatos tradicionales: el mismo pelo, la misma talla, los mismos recuerdos, pero con la cabeza coronada por dos imponentes orejotas.

—Los llamaremos gatonejos —dijo Apollinax con orgullo. ❖

Los gatonejos

❖ LOS RATONEJOS, terminado su túnel, miraron con preocupación a los nuevos animales. —Con esas orejas tan largas volarán más alto que nosotros —suspiraron. Después observaron las evoluciones de los gatonejos en el aire, los miraron con ojo de expertos y sacudieron la cabeza con compasión.

—No —dijeron—, no vuelan muy bien que digamos.

Tenían razón. El viento les podía gustar a algunos, pero de ningún modo a los gatonejos. O los levantaba a alturas terroríficas para ellos, o los aventaba contra el suelo, obligándolos a unas maromas completamente involuntarias.

En ambos casos, entre piedras, espinas, obstáculos y caídas violentas, a los pobres les iba muy mal y había que llevarlos a casa para aplicarles vendas y curitas, que ellos, fastidiados, se quitaban inmediatamente.

—Me temo que nunca lo lograrán —dijo i-Ti decepcionada.

—Para mi gusto son demasiado pesados —comentó el marido—, o tal vez sus orejas no son lo bastante grandes.

—En lo absoluto —replicó Apollinax, resentido—. El peso no tiene nada que ver y las orejas tienen la medida adecuada. Más bien es culpa de los gatos, que no cooperan y no hacen ningún esfuerzo para aprender.

—Tal vez están asustados —sugirió i-Ti—. Deberíamos tranquilizarlos.

Entonces amarraron unas largas correas a sus cuellos, pusieron unos colchones en el suelo para que aterrizaran sin lastimarse y repetían una y otra vez: "¡Calma, calma!" mientras los gatos revoloteaban aquí y allá como unos papalotes.

¡Pero los gatonejos no se calmaban! Es más, a un cierto punto maullaron exasperados para hacerles entender que estaban hartos de experimentos y sólo querían encerrarse en casa para no salir nunca más.

Apollinax necesitaba reflexionar. Se encerró en el laboratorio durante tres horas, caminó para arriba y para abajo, se desgreñó el pelo, arrugó la frente y en resumen dio muestras de que pensaba intensamente. Pero nada se le ocurrió. El Aprendiz no sabía qué hacer.

Por fin se acordó de haber traído una libreta de notas llena de apuntes de su Patrón, el Gran Constructor de Animales.

La buscó con la esperanza de que lo ayudara a resolver sus problemas, la encontró debajo de un montón de papeles y se sentó para estudiarla con cuidado. ❖

"Instrumentos elementales"

❖ REZABA el título de la portada.

—Muy bien —se dijo Apollinax con alivio—, las soluciones elementales son las que prefiero: simples, rápidas y sin problemas.

Hojeó las páginas de la libreta y al principio quedó perplejo, porque los dibujos del Patrón eran del siguiente tipo:

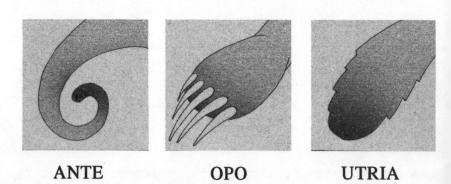

ANTE   OPO   UTRIA

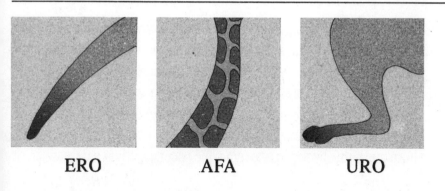

ERO AFA URO

—Creo que me equivoqué de libreta —se dijo Apollinax, decepcionado—. Estos son dibujos de una excavadora, de un tubo, de una regadera, etc., herramientas muy útiles para un robot jardinero, pero a mí no me sirven. Y qué nombres tan raros: ante, opo, utria. Seguramente pertenecen a algún dialecto de la galaxia, el Patrón conoce muchos.

Estaba a punto de guardar la libreta cuando tuvo una idea. "¡Un momento! ¿Qué es un jardín, al fin y al cabo, sino un planeta en miniatura, al menos cuando está bien hecho? Supongamos que se puedan añadir a un felino los mismos artefactos de un robot jardinero, quizá entonces solucionaría mi problema." Y empezó a dibujar, diciendo:

—Por ejemplo, si un gato tuviera las uñas como este opo, podría escarbar túneles y galerías abajo de la tierra hasta alcanzar las guaridas de los ratonejos. Naturalmente habría que ajustarlo un poco, porque no cualquiera puede deslizarse por abajo del suelo, pero será suficiente hacerle un hocico afilado que le ayude a introducirse en los agujeros, acortarle las patas para que le estorben lo menos posible y por último doblarle las orejas para que no les entre tierra y no se vuelva sordo.

Miró satisfecho su dibujo y le pareció que no faltaba nada. Programó en el duplicador una pareja de gatopos, se sentó y suspiró: ahora que había hecho lo que tenía que hacer, podría ir a descansar. ❖

Los gatopos

❖ LOS GATOPOS salieron de aquella milagrosa máquina algo trastornados. Dieron unos pocos pasos y se detuvieron en seguida, perplejos.

Tenían la clara sensación de que algo andaba mal.

Recordaban perfectamente que sobre un piso como aquél se caminaba con las garras retraídas, sin hacer ruido. En cambio, vaya a saber por qué, hacían un ruidazo del demonio.

Trataron de retirar las uñas, pero en las nuevas patas no había lugar para guardarlas.

Entonces se acostaron afligidos, sin saber qué hacer.

Apollinax los llevó afuera, los condujo hasta un montón de tierra removida y los gatopos, sin decir una palabra, se ocultaron allá dentro.

A partir de ese momento no hicieron otra cosa que excavar un agujero, patalear un poquito abajo de la tierra con los ojos cerrados y quedarse dormidos.

De vez en cuando, bien porque su naturaleza vagabunda reafloraba, o bien porque Apollinax los iba a despertar, se levantaban perezosamente, daban unos pocos pasos y volvían a dormirse, acurrucados junto a otro agujero pequeño.

Los ratonejos observaban la actividad de los gatopos con cierta ansiedad.

Los agujeros, ciertamente, no eran muy profundos: se veía en seguida que esos gatos extraños no sabían lo que era escarbar; y sin embargo los ratonejos no se sentían para nada tranquilos.

—¿Y si a fuerza de entrenar llegan a alcanzar nuestras guaridas? —se preguntaban.

—¿Y si nos agarran mientras dormimos?

—¿Y si hacen que se derrumbe el túnel secreto?

Y como empezaron a imaginar más y más peligros, Napoleón sugirió que lo mejor era mudarse de casa. —Cuando vean que nos marchamos, dejarán de escarbar —dijo.

—¿Pero a dónde iremos? —preguntaron sus compañeros.

—Bueno, ya se verá. Debe de haber algún lugarcito en donde no nos molesten.

Fue así que los ratonejos descubrieron esas rocas agujeradas, altas como rascacielos, que qu'JK e i-Ti habían observado en el momento de desembarcar en el planeta. El viento había excavado en la roca pequeñas recámaras, pasajes secretos, minúsculas ventanas; y puesto que era interesante observar el mundo desde arriba, los ratonejos se entretenían en mudarse continuamente de casa para contemplar cada vez un paisaje distinto.

Los gatopos ni siquiera se dieron cuenta de aquella mudanza; continuaron escarbando y nadie entendía por qué seguían haciéndolo.

Una mañana llegó, con el fono-tele-galáctico, el primer pedido: el pastelero más importante de un planeta cercano solicitaba diez mil frutos de grniz y los quería antes de que acabara el mes.

Para cualquier agricultor, ésta hubiera sido una buena noticia, mas no para qu'JK e i-Ti. Contaron y volvieron a contar los pasteles y el resultado era siempre el mismo: en la huerta había apenas unos dos mil en buen estado; todos los demás habían sido mordidos por los malditos ratonejos, que lograban colarse quién sabe cómo en la huerta, haciendo caso omiso de los alambrados y de la vigilancia de los robots.

El señor qu'JK y su esposa se convencieron de que Apollinax no sería capaz de resolver el problema; además de eso, tuvieron que encargar cinco mil cajas de carne, puesto que no podían mantener a los gatos, gatonejos y gatopos con puros bisteces, y esperaban una cuenta altísima. Por si fuera poco, qu'JK tenía que ir a todas partes con pala y ristre para rellenar los agujeros hechos por los gatopos, no fuera a ser que su esposa se tropezara en uno de ellos y se lastimara, de manera que la estaban pasando muy mal.

En el lugar de qu'JK y su esposa, nosotros habríamos despedido a Apollinax para que lo reemplazara alguien que tuviera la cabeza en su sitio. En cambio, el matrimonio no se atrevía. En esa época la hospitalidad era algo sagrado en toda la galaxia. Rezaba una ley: "Satisface en todo a tu huésped, evita contrariarlo", lo cual significaba que había que tratar a los invitados con esmero y absoluta fineza, aunque estuvieran demoliendo la casa de uno.

Había sólo una manera de liberarse de un huésped insoportable: actuar con astucia, inventar una excusa o un plan ingenioso que lo obligara a marcharse.

Ahora bien, qu'JK e i-Ti eran personas sencillas, incapaces de hallar una mentira convincente; sin embargo, cuando salieron de casa para ir a charlar un ratito con Apollinax, no dejaron de buscar alguna, y mientras desechaban una idea tras otra, llegaron al laboratorio. La puerta estaba cerrada y había un letrero colgado en el picaporte:

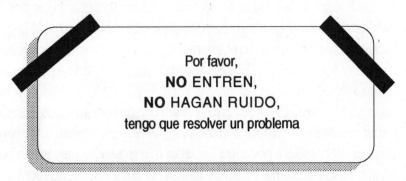

Por favor,
NO ENTREN,
NO HAGAN RUIDO,
tengo que resolver un problema

—¿Y ahora qué estará maquinando? —se preguntaron qu'JK e i-Ti, alejándose sin hacer ruido. ❖

Las ideas de Apollinax

❖ EL PROBLEMA que tenía que resolver Apollinax era el siguiente:
"¿Cómo puede un gato, alto, de aproximadamente unos treinta
centímetros, agarrar a los ratonejos que se encuentran a cuarenta
metros de altura?"

La respuesta no era fácil, admitámoslo; y puesto que con el
duplicador no se podía construir un animal cualquiera, sino que tenía
que ser a fuerza un felino, el Aprendiz empezó a sopesar diferentes
soluciones, ninguna de las cuales le satisfacía:

•no podía hacer un gato con las patas muy largas, porque perdería el equilibrio;

•no podía alargarle el cuello, porque si el cuello no se mantenía erguido por sí mismo, habría que arrastrarlo.

•y la idea de pegarle abajo de las patas cuatro ventosas como esas con que se destapan el fregadero o el lavabo, para permitirle escalar las rocas, no funcionaba tampoco: las ventosas se pegarían al piso y al pobre le costaría un trabajo enorme caminar.

Llegado a este punto de sus reflexiones, Apollinax se acordó de que un gato, por su propia naturaleza, no hace otra cosa que trepar. De modo que para que subiera, lo único que se necesitaba era una escalera, una resbaladilla, o algo así; ni siquiera hacía falta un barandal, ya que los animales no sufrían de vértigos.

La primera parte del problema estaba resuelta; quedaba la segunda: imaginemos a un gato trepado allá arriba; dado que no podía introducir la pata en los agujeros de la roca, por ser éstos demasiado pequeños, tenía que esperar a que salieran los ratonejos.

¿Y si no quisieran salir? Habría que sacarlos a la fuerza, obligarlos a salir antes de que inventaran un sistema para salvarse. Pero ¿cómo?

Piense y piense, luego de un rato el Aprendiz sacó el librito de apuntes de su Patrón, observó cuidadosamente los dibujos y echó un grito triunfal: ¡ya lo tenía! Construiría un gato… no, mejor tres, por si fallaba alguno: el primero provisto de una trompa que le permitiría aspirar a los ratonejos ocultos en los agujeros más grandes, el segundo con una especie de palito para hurgar en los agujeros más diminutos y soplar en ellos con cierta energía, y el tercero, por si no funcionaban los otros, capaz de dar unos buenos saltos que le permitirían agarrar a los ratonejos cuando éstos, impulsados por el viento, echaran a volar.

Acto seguido, llenó tres fichas y las introdujo en el duplicador. ❖

Gatofantes, gateros y gaturos

❖ Los nuevos gatos se llamaron gatofantes, gateros y gaturos.

Los gatofantes tenían una nariz muy larga, los gateros un tubo delgado en lugar de la boca, y los gaturos, erguidos sobre un sólo par de patas enormes, se apoyaban en la cola para no caerse. Las otras dos patas se estiraban hacia arriba, sobre la cabeza.

Bastaba mirarlos para saber que no estaban contentos con su aspecto. Gatofantes y gateros no tenían idea de para qué servían esos extraños artefactos que tenían en el hocico. Les daban unos golpecitos con la pata para quitárselos, pero sólo conseguían lastimarse.

Los gaturos no comprendían que las patas traseras servían para saltar. Trataban de moverlas en la única forma que sabían, primero una y luego otra, y acababan por pegar el hocico contra el suelo.

Los seis estaban irritados y confundidos, y sólo cuando se convencieron de que no había nada que hacer, se ocultaron en algún lugar y se durmieron.

Aquel letrero colgado en la puerta del laboratorio no les había gustado a qu'JK y a i-Ti. Sospechaban que Apollinax iba a inventar otro de sus animales inútiles, y estaban preguntándose si habría una manera de detenerlo, cuando oyeron un alboroto afuera.

—Voy a ver qué está ocurriendo —dijo el marido. Abrió la puerta y vio a los robots ocupados en una tarea curiosa: habían cortado dos árboles y estaban fabricando algo parecido a una resbaladilla para niños; qu'JK los observó un momento, preguntó qué estaban haciendo y le dijeron que preparaban un plano inclinado de unos cuarenta metros de altura, con una plataforma en la parte superior.

—¿Y para qué sirve?

—Para que los gatos puedan trepar, señor.

Pero qu'JK no comprendía. ¿Para qué diablos los gatos tenían que trepar por una resbaladilla? ¿No era mejor subirse a un árbol?

El robot explicó entonces que no se trataba de entretener a los nuevos gatos, sino de permitirles llegar hasta la cima de las rocas-rascacielos para que atraparan a los ratonejos: si la resbaladilla-prototipo funcionaba, fabricarían otras sin tardanza.

—¿Otras? —gritó qu'JK irritado—. Los ratonejos no hacen más que mudarse de casa y en este planeta ha de haber un millón de rocas. —De pronto se dio cuenta de no haber entendido muy bien las palabras del robot y balbució—: ¿Qué nuevos gatos? ¿Cuántos nuevos tipos de gatos hay?

Justo en ese momento se abrió la puerta del laboratorio y apareció el Aprendiz Apollinax, que empujaba a sus nuevas criaturas: qu'JK profirió un gemido desesperado, tornóse de un intenso color morado y cayó al suelo desfallecido.

La operación atrapa-ratonejos tuvo para Apollinax un resultado imprevisto. El Aprendiz confiaba en el instinto de sus animales y estaba seguro de que se las ingeniarían para alcanzarlos con tan sólo oler su presencia. De modo que localizó la roca en donde se encontraban escondidos los pequeños herbívoros y ordenó a los robots que colocaran la resbaladilla, esperando que gatofantes, gateros y gaturos treparan por ella con entusiasmo. Pero no; los gatos se marcharon y fueron a refugiarse en donde la hierba era más alta, justo cuando en la cima de la roca apareció una nubecita oscura: era el viento de siempre que empezaba a soplar y los ratonejos se mudaron de casa.

—Creo que debemos considerarlos domésticos —dijo más tarde Apollinax con una sonrisa alentadora.

El señor qu'JK se había quedado en cama, hundida la cabeza entre almohadas de diferente tamaño y con una bolsa de hielo sobre la frente; su esposa echó una mirada alrededor y asintió con la cabeza. De que fueran domésticos, no había duda. Había gatos de diferentes especies en todos los rincones imaginables; se quedaban en la casa todo el día, excepto por una que otra carrerita en el jardín para perseguir a ratonejos que jamás conseguían atrapar. Se acurrucaban en los sillones, se ocultaban en los closets, se afilaban las uñas contra la alfombra. Sólo los gatopos, vaya a saber por qué, rechazaban la vida en común y había que poner un plato de comida sobre un montoncito de tierra, esperando que lo encontraran tarde o temprano.

Pero las mayores molestias las causaban los recién llegados, que no eran capaces de cuidarse a sí mismos.

Los gaturos no sabían sentarse para comer. Había que colocar sus platos a cierta altura, sobre una mesita, y cuando caían al suelo (cosa que ocurría con frecuencia), la señora tenía que agacharse para recogerlo. Los gatofantes se las veían negras cuando objetos muy pequeños, olisqueados con demasiada energía, se atoraban en la trompa; por añadidura había que darles de comer en la boca, ya que la nariz, que se encontraba delante de ella, no se movía hacia los lados porque no poseía los músculos adecuados. En cuanto a los gateros, ese tubito que tenían en lugar de la boca era un verdadero estorbo; no podían ingerir nada sólido y puesto que también tenían sus gustos, no se sabía qué darles de comer: rechazaban con desdén la solución hecha con agua, azúcar y vitaminas, no soportaban el caldito de carne que la señora preparaba especialmente para ellos, y se rebelaban violentamente si trataban de alimentarlos a la fuerza con algo de comida licuada que les introducían en la boca con un palito.

—Se necesitaría algún animalito diminuto —se quejó entonces i-Ti, mientras se curaba los rasguños—. Alguien dispuesto a sacrificarse, o tan estúpido como para hacerse tragar sin que se lo pidan.

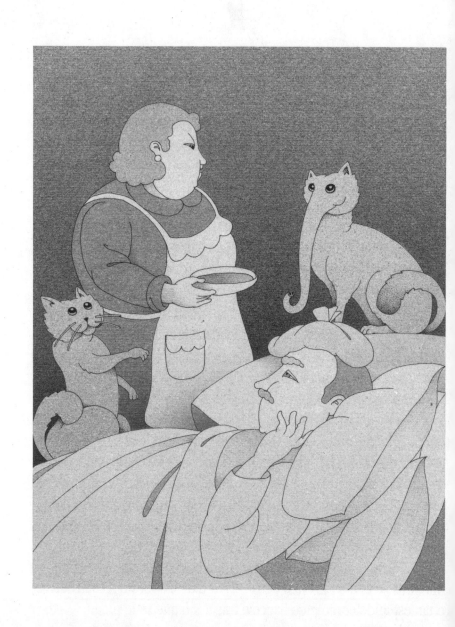

—¡Hormigas! —exclamó Apollinax dándose un manazo en la frente—. Es lo que necesitamos. Minúsculas hormigas, de unos cuantos milímetros de longitud, delgadas como espagueti, capaces de introducirse en todas partes.

—¿Con qué se alimentan? —preguntó i-Ti, alarmada.

—Con lo que sea. Migajitas que caen de la mesa, granitos de azúcar, sobras de la comida que se tiran a la basura.

—Pero con eso que acostumbran ir a todas partes, ¿no se nos van a meter en la cama de noche?

—¡Qué va! Son bestezuelas de temperamento hogareño, prefieren vivir retiradas.

Y antes de ir a solicitar unas cajas de hormigas y todo un hormiguero de repuesto, el Aprendiz se quedó un momento para tranquilizar a la señora. Dijo que sí, que gatonejos, gatopos, gaturos, etcétera, tenían algunos defectos y no eran de mucha utilidad, pero no había que preocuparse: ya tenía en mente otros animales que funcionarían a las mil maravillas y tenía la intención de pedir una máquina especial para construirlos.

El señor qu'JK y su esposa estaban nerviosísimos; daban saltos de cuarenta centímetros cada vez que sonaba el fono-tele-galáctico, anunciándoles una llamada, porque sabían demasiado bien de qué se trataba: o bien pedidos, que tenían que rechazar, o facturas, que no podían pagar.

Los pedidos provenían de los más importantes vendedores al mayoreo de la galaxia: la compañía "Dulces y dulcecitos" de Watopc II hizo un pedido de cien mil pasteles; "Fort y Nuhuhh" de Gyx, quería unos cincuenta mil al año durante al menos treinta años seguidos, y la Asociación Pasteleros de Atin-Nokrrr quería la exclusividad y estaba dispuesta a pagar cualquier precio.

Todas las facturas eran de la Sociedad para la Construcción y el Comercio de Animales y eran por concepto de: el envío de una pareja de ratonejos de diseño exclusivo y otra de gatos; el sueldo diario del Aprendiz Apollinax; el alquiler de un duplicador; el envío de cinco mil cajas de carne para felinos; gastos varios e impuestos gubernamentales para un total de cincuenta mil créditos.

La Sociedad comunicaba además que estaba dispuesta a enviar una máquina para construir animales que no fueran gatos, pero advertía que el alquiler costaría tres mil créditos diarios, más un depósito de cincuenta mil créditos como garantía, que habría que depositar en cualquier banco intergaláctico.

La señora i-Ti estaba deprimida, al borde de un ataque. De noche no dormía, pensando en los pequeños trucos que podrían liberarla de Apollinax. Le servía la sopa saladísima en la comida, la carne chamuscada, le entregaba los calcetines sucios, esperando que el pésimo servicio lo empujara a marcharse; pero el Aprendiz comía cualquier cosa que le pusieran enfrente y se ponía la ropa del día anterior sin una queja.

El señor qu'JK, en cambio, estaba negro del coraje. El hecho de que Apollinax hubiera solicitado una máquina especial y muy costosa sin siquiera pedirle permiso, lo tenía furioso como nunca.

No hacía otra cosa que caminar para arriba y para abajo, jalándose con fuerza la nariz de un lado a otro; cada tanto se detenía para lanzar alguna injuria contra Apollinax, y puesto que en materia de insultos prefería recurrir a su dialecto natal, repetía en voz baja:

—Ese cragi-bu, ese cointo-po con su barba verdecita —y así durante un buen rato.

Cuando agotó las injurias —por lo demás no conocía muchas—, empezó a describir detalladamente lo que iba a hacer en los siguientes cuarenta minutos: —Agarro a Apollinax, lo acuesto sobre la mesa, lo amarro como un salami y lo despido a patadas.

—¿Cómo le vas a hacer, si es cuatro veces más grande que tú? —objetó la señora.

—Bueno, entonces lo demando. Le hablo a su Sociedad y les cuento las barbaridades que está haciendo y pido una indemnización de un millón de créditos.

—No puedes demandar a quien es tu huésped, está en contra de la ley, acabaremos en la cárcel.

—¿Y si agarrara el martillo y destruyera el duplicador hasta hacerlo polvo?

—¡Qué brillante, así tendremos que pagarlo!

—¡No estás de acuerdo con nada! —dijo qu'JK enfadado—. A ver qué propones tú.

—Tengo una idea, aunque tal vez no sea de gran utilidad. A lo mucho nos dará tres días de tregua, pero en tres días se pueden pensar muchas cosas.

—En tres días Apollinax es capaz de inventar cincuenta nuevos tipos de gatos.

—Ahí está la cosa —explicó i-Ti—. Si quitamos la corriente al planeta, la máquina va a dejar de funcionar.

—¿Cómo que quieres quitar la corriente? —replicó el marido—. ¿Y cómo nos las arreglaremos sin luz?

—Es fácil. Los alimentos no se van a echar a perder porque el refrigerador tiene un generador autónomo, y nosotros nos acostamos temprano, usando velas. Es lo que han hecho nuestros ancestros durante milenios, así que podemos hacerlo nosotros.

El marido la miró, reflexionó largamente y por fin estuvo de acuerdo.

—Podemos intentarlo, está bien. Voy a quitar la corriente y escondo alguna pieza, así no se va a poder arreglar la instalación.

Diez minutos después, mientras estaban en la oscuridad debajo de las mantas, la señora i-Ti tuvo un sobresalto.

—Escucha —dijo en voz baja—, ¿y si esos gatos tienen hijos?

—¿Por qué deberían tenerlos?

—Porque están en parejas, ¿no? Un macho y una hembra. Son cosas que ocurren.

El señor qu'JK y su esposa i-Ti no pudieron cerrar el ojo: empezaron a calcular cuánto tiempo les durarían las cinco mil cajas de carne en el caso de que los gatos se volvieran el doble, el triple, etcétera.

Apollinax se sentía en gran forma. Ya ni siquiera tenía que consultar los apuntes de su Patrón, estaba lleno de ideas originales y se moría de la gana de ejecutarlas.

Le hubiera gustado hacer un animal doble, otro que se movía sobre dos pares de ruedas, otro más con tantos lados que podría caminar en todas las direcciones sin hacer nunca marcha atrás...

Pero no podía, porque la Sociedad no quería enviarle la máquina adecuada. Olvidó por el momento, suspirando, sus ideas maravillosas y pensó qué animales construiría cuando regresara la corriente.

"Después de todo", se dijo, "tengo un montón de posibilidades." Y para no olvidar ninguna, dibujó en una hoja la cabeza y el cuerpo de un gato y en otra hoja recortó las partes faltantes: colas, patas, orejas e incluso cuernos de toda clase; colocó la segunda hoja sobre la primera, moviéndola lo que fuera necesario, y rellenó con lápices de color los espacios vacios, hasta obtener una gran variedad de gatos.

Trabajó con ganas y a medida que dibujaba se iba olvidando de los ratonejos, de los pasteles de grniz y de por qué se encontraba en el planeta Chqu. Todo eso le parecía cada vez menos importante. ❖

El jefe constructor

❖ Mientras tanto, el Constructor de Animales, el Patrón en persona, de regreso de su viaje a la periferia de la galaxia, había reanudado su trabajo. Siempre quería que le informaran sobre lo ocurrido durante su ausencia y los secretarios solían dejar sobre su escritorio, bien ordenadas, las fichas que concernían los negocios en curso y los ya concluidos. Una de las primeras rezaba:

PLANETA CHQU - ENCARGADO:

Aprendiz Apollinax

y empezaba con el pedido por parte de qu'JK y de i-Ti de dos pequeños animales.

"Un herbívoro y un carnívoro", pensó el Constructor, "nada de especial. ¿Entonces a qué se deben tantas anotaciones en la ficha?"

Observó cuidadosamente el diseño de los ratonejos y movió ligeramente la cabeza: "Graciosos", se dijo, "tal vez un poco recargados de orejas, pero si las condiciones meteorológicas del planeta son normales, no debería haber ningún problema."

En cambio, al parecer, algún problema lo había habido: Apollinax se había marchado y desde entonces habían ocurrido cosas raras. No se entendía por qué habían pedido un duplicador, cinco mil cajas de carne para gatos, una máquina que afortunadamente no había sido enviada, diez cajas de hormigas más todo un hormiguero de repuesto.

Este último le pareció al Constructor el pedido más extraño. No es que las hormigas no le gustaran, al contrario, le parecían bestezuelas muy logradas, activas e ingeniosas; sin embargo, fuera de uno que otro curioso que se dedicaba a estudiarlas, era el único que les tenía aprecio. La gente no podía soportarlas. Cada vez que mandaba colocar un hormiguero, las quejas no se hacían esperar.

La gente se quejaba de que no se podía hacer un pic-nic sin que un centenar de hormigas se introdujera en el frasco de la mermelada y algunas otras se insinuaran en el escote del vestido. En resumen, hasta ahora nadie había apreciado a sus pequeños insectos, y héte aquí que en el planeta Chqu vivía alguien que no sólo amaba las hormigas, sino que las adoraba: estaba tan impaciente por verse rodeado de ellas que quería de inmediato diez cajas, sin esperar siquiera que la reina y el macho tuvieran el tiempo de procrear una colonia.

—Es raro —dijo el Patrón—. Debe de haber algún detalle que se me escapa, una anotación que falta. —Y puesto que necesitaba más datos, encendió el video-teléfono para llamar a un secretario.

En la oficina de los empleados hubo algo de agitación. No es que el Jefe fuera estricto, pero tenía una voz atronadora y una manera de arquear las cejas que ponía nervioso a cualquiera.

—Quisiera hablar con el Aprendiz Apollinax —dijo el Patrón.

—Imposible, señor —contestó un secretario después de unos minutos—. El planeta no contesta, la comunicación está cortada.

—¿Cortada? —repitió el Constructor sin poder creerlo. Reflexionó un instante y añadió—: Preparen la Almiranta y dénme las coordenadas del planeta. Quiero ir personalmente a ver qué pasa.

La Almiranta era la astronave más famosa de la galaxia. No era muy grande, pero era inconfundible porque era muy ruidosa y refulgente y dejaba en el cielo una estela con los colores del arco iris. Acababa de entrar en la atmósfera de Chqu cuando sus habitantes se precipitaron afuera para observar sus maniobras.

—¡El Jefe Constructor! —exclamaron qu'JK e i-Ti con un inconfundible tono de alivio.

—¡El Patrón! —exclamó Apollinax; y luego de un breve examen de conciencia empezó a sentirse levemente preocupado.

El Patrón bajó de la astronave, miró alrededor y arqueó las cejas. Había mucho viento en ese planeta. Ojalá que Apollinax se hubiese acordado de añadir un poco de lastre a sus ratonejos para que fueran más pesados...

—No, no se acordó —dijo al ver un centenar de animalitos que surcaban el aire de una roca a otra—. ¿Pero por qué este joven Aprendiz no pidió a la Sociedad una pareja de pájaros?

—¿Pájaros, señor? —preguntó más tarde Apollinax, estupefacto.

—¡Pájaros! —confirmó el Patrón—. Animales voladores. Si no querías recurrir a medios mecánicos como helicópteros o a pequeñas hélices pegadas a la espalda, para atrapar a los ratonejos debiste haber pedido un par de halcones domesticados.

—Bueno, señor... la verdad... —balbuceó el Aprendiz—, yo... nunca los he visto, no sabía que existían.

—¿Y no se te ocurrió revisar el Catálogo de los Animales?

Éste fue el único reproche del Patrón; pero cuando vio los diferentes ejemplares de gatos que Apollinax había construido, sus cejas se arquearon de un modo extraordinario: esos animalitos completamente equivocados le recordaban algo, le pareció que muchos años atrás había tenido ideas parecidas.

—Sí, señor —confirmó Apollinax premuroso—, estuve mirando una libreta de notas de usted y encontré ahí algunas soluciones interesantes.

El Patrón sonrió al ver nuevamente sus viejos dibujos, luego se puso serio y preguntó: —¿Y nunca te preguntaste qué opinarían los pobres gatos?

Hasta ahora a nadie se le había ocurrido preguntar a gatonejos, gatopos, gateros, etcétera, cómo se sentían transformados de esa manera y si se hallaban a gusto en el planeta Chqu. Lo cual se entiende, por demás: no son muchas las personas que se atreven a hacer preguntas a un gato, y la mayoría de ellas no entienden sus respuestas.

El Patrón, en cambio, podía platicar con todos los animales del universo por medio de una maquinita que había inventado. Esta maquinita convertía mugidos, maullidos y las otras voces del reino animal en palabras claras y acabadas; nunca se la confiaba a nadie, porque de enterarse la gente qué opinan gatos, caballos, leones y gusanitos, probablemente se ofendería.

Pero esta vez decidió usarla frente a Apollinax para que éste se diera cuenta del lío que había armado, y le entregó el traductor.

El pobre Aprendiz se vio hundido en un coro de lamentos, todos los gatos que había construido no hacían más que quejarse: los gatonejos tenían un miedo tan grande del viento que no se atrevían a salir de casa; llegaban a la puerta, echaban una ojeada afuera y apenas oían un ruido de pasos, un chasquido, un bisbiseo, aunque fuera de la olla de presión, corrían a refugiarse bajo una silla.

Los gateros maullaban algo incomprensible puesto que no podían abrir la boca para maullar.

Gatofantes y gaturos protestaban porque sus costumbres se habían trastornado por completo: no podían comer donde y cuando querían, no osaban treparse a nada porque desconfiaban de su equilibrio, no podían lamerse el pelo y si caminaban en la oscuridad se lastimaban: la trompa y las manitas estiradas hacia arriba no tenían pelos táctiles para tocar las cosas y por eso chocaban contra los muebles.

Todos se sentían superiores a los gatopos, quienes, por desdichados, se avergonzaban demasiado para mostrarse en público. Todos admiraban y envidiaban a los gatos. Pero ni éstos estaban contentos: ¿de qué servía no tener defectos si no lograban atrapar a ningún ratonejo?

Éste era el coro general. En el campo contrario, en cambio, hasta arriba de las altas rocas-rascacielos, reinaba la alegría más completa. En vano Napoleón aconsejaba prudencia, los jóvenes ratonejos no le hacían caso y estaban convencidos de que Apollinax era el mejor amigo que tenían en el mundo.

—¡Pfff! —se quejaba Napoleón—. Lo único que quiere es atraparnos. De lo contrario no llenaría el planeta de gatos.

—Lo hace para entretenernos —respondían los ratonejos—. Ni modo que nos la pasemos volando y comiendo pasteles todo el día, sería aburridísimo, ¿no crees?

Sacudían su colita despreocupados y poníanse a jugar a "atrapa-ratonejos", su juego preferido:

—Entonces —empezaba uno—, yo soy un gato inventado por Apollinax y tengo la lengua pegajosa que llega hasta el cielo; ¿qué van a hacer ustedes?

Todos corrían a esconderse y no tenían que dejarse agarrar hasta que no encontraran la solución:

—Dejo caer desde arriba arena y hojitas, así la lengua se embadurna y ya no se pega.

—¿Y si tuviera veinte piernas alargables? ¿Si fuera invisible?

Ahora el Patrón sabía que todo el mundo esperaba sus decisiones.

Los diferentes tipos de gatos se arrastraban a sus pies, rogándole que los devolviera a su forma original; qu'JK e i-Ti lo miraban reverentemente, esperando un milagro, y Apollinax, confundido y afligido porque los ratonejos le tomaban el pelo, esperaba el merecido castigo.

Entonces el Constructor se puso a trabajar y en poco tiempo todo quedó arreglado.

Antes que nada pensó en el señor qu'JK y en su esposa. Pobrecitos, bastaba mirarlos para saber que en los últimos tiempos se las habían visto negras. Y puesto que podían demandar a la Sociedad, y además ganar el pleito, el Patrón tenía que compensarlos con creces. Así que les asignó un planeta extralujo ultimísimo modelo, uno de esos donde la brisa, soplando gentilmente entre flautas ocultas, creaba músicas maravillosas; y los árboles, al paso de los hombres, inclinaban sus ramas ofreciendo frutos cuidadosamente descascarados y flores sin espinas; además, en una vasta región perfectamente aislada, se crearon las mismas condiciones ambientales del planeta Chqu, de modo que se pudieran cultivar todos los frutos de grniz que se quisieran.

En cuanto a Apollinax, ¿qué hacer con él? El Constructor no tenía ganas de despedirlo. El joven era impulsivo, no reflexionaba lo suficiente, pero era voluntarioso y al fin y al cabo había demostrado poseer cierto espíritu de iniciativa. No, despedirlo hubiera representado un castigo excesivo; un traslado hubiera sido lo mejor, darle un puesto interesante en otra sección, pero nada que tuviera que ver con animales.

La solución era más difícil en lo que concernía a los gatos. Tal como estaban, esos pequeños monstruos la pasarían muy mal en cualquier rincón del universo; pero dado que las variantes que había aplicado Apollinax —la trompa, las orejotas, las uñas para escarbar, etcétera— eran elementos muy originales, el Constructor se limitó a modificar los animales: los agrandó, los empequeñeció, los ajustó perfectamente y los mandó a un planeta experimental, de reciente construcción, la Tierra.

Con el paso del tiempo olvidaron incluso que habían sido felinos y se adaptaron magníficamente a su nueva existencia.

Después, el Constructor lo pensó de nuevo, y explotando la única idea aceptable de Apollinax (las otras eran verdaderamente un desastre), creó las estrellas de mar, que pueden nadar en el océano en todas las direcciones sin nunca dar marcha atrás.

Quedaban los ratonejos, obviamente, pero el Patrón no quería modificarlos. Al fin y al cabo eran animales diestros, tenían ingenio, fantasía y encontraban la solución exacta para cada problema. No, se dijo, los dejaría donde estaban, dueños absolutos del Planeta Chqu.

Uno tras otro partieron los cohetes y los ratonejos quedaron solos.

Se sentían felices, tenían todo el grniz que querían y ningún enemigo que los amenazara; pero de vez en cuando, con una punta de nostalgia, miraban el cielo azul, esperando que apareciera el pequeño cohete de su amigo Apollinax: si hubiera regresado, ¿qué gatos raros habría inventado para entretenerlos? ❖

Índice

Este libro se terminó de imprimir y encuader-
nar en el mes de julio de 1999 en Impreso-
ra y Encuadernadora Progreso, S. A. de C. V.
(IEPSA), Calz. de San Lorenzo, 244; 09830
México, D. F. Se tiraron 5 000 ejemplares.